Don Tom

EL CABALLO MÁS GRANDOTE Y JUGUETÓN

Francisco Javier Lombana Fierro

To order additional copies of this book, please contact:
Palibrio
1663 Liberty Drive
Suite 200
Bloomington, IN 47403
Toll Free from the U.S.A 877.407.5847
Toll Free from Mexico 01.800.288.2243
Toll Free from Spain 900.866.949
From other International locations +1.812.671.9757
Fax: 01.812.355.1576
orders@palibrio.com

Dedicatoria

Este cuento de niños, se lo dedico a mis 3 hijos y a mi sobrina:

Rodrigo, Gerardo, Javier y Pilar.

Quienes escucharon de chiquitos más de una vez este cuento.

Ya un niño de 5 años vio en el patio de su casa que había un hoyo en forma de una **huella de la pata de un caballo gigante.** El estaba sorprendido de lo que le habían contado sus hermanos; **Ro, Ger y Pi "La leyenda de Don Tom el caballo más grandote y juguetón.**

La leyenda cuenta que **Don Tom** era el caballo mágico más grande del mundo y que podría ayudarte a cumplir tus más grandes deseos.

Al principio pensaban que era mentira, pero al ver la **huella** les dio mucha curiosidad y decidieron salir un día en busca de:

Don Tom el caballo más grandote y juguetón.

Ja su hermana **Pi** y sus 2 hermanos mayores **Ro** y **Ger** se prepararon para salir en la madrugada a la búsqueda de **Don Tom el caballo más grandote y juguetón.** Pues la leyenda decía que tenían que salir en el amanecer.

Todos se prepararon para un largo viaje en el bosque, estaban muy ilusionados de que **Don Tom** cumpliera sus deseos.

Ro, el mayor de 10 años deseaba ser un héroe.

Ger, de 9 años deseaba ser el más fuerte del mundo.

Pi, de 7 años deseaba ser la más lista. Y

Ja, deseaba ser más valiente como sus hermanos.

Sería un viaje peligroso, seguro que sus padres estarían preocupados pero sabían que valía la pena para que cumplieran sus deseos.

No tardaron ni cinco minutos, cuando ya se encontraban camino al río.

Caminaron rápido hasta llegar a la orilla, cuando llegaron ¡quedaron impactados! **¡El río estaba lleno de rocas en forma de caballos!**

Ger le pregunto a **Ro**

.- ¿Cómo le vamos hacer para cruzar el rio?

Ja.- comento:

.- ¿Hasta el otro lado?, ¡Pero si esta lejísimos.

Ro les dijo:

.- Miren allá abajo, al fondo de lado derecho. Hay una lanchita, vamos por ella y así cruzamos remando hasta el otro lado del río.

La pequeña lancha tenía dos remos, entonces **Ger** tomo el remo más grande y fuerte como él se sentía y dijo:

- ¡Yo solito remo y los llevo rápido al otro lado del río!

¡Ro! – Dijo - **Ger**, yo me quedo con un remo y te voy ayudando también a remar.

.- Entonces **Pi** dijo: .- Yo también puedo ayudar es mejor si remamos juntos.

C uando se encontraban a la mitad del río de repente se apareció ¡**LA BESTIA VERDE**!

Y todos gritaron de susto al ver tamaño animal que los quería tirar de la lancha para comérselos.

Ja lloraba de miedo, mientras **Ro** remaba lo más fuerte posible y **Ger** tomo su remo y le pegó con todas sus fuerzas en la cabeza a la bestia verde y **Pi** se dedicó **a** dirigir la lancha a buen camino.

Entonces el animal agarró el remo con sus filosos dientes y **Ger** con todas sus fuerzas no soltó, por lo que la lanchita empezó a dar vueltas como loca de un lado para otro sin parar. **Ger** estaba a punto de soltar el remo no aguantaba más hasta que **Ro, Ja** y **Pi** lo ayudaron.

Para fortuna de ellos, de repente, se encontraban del otro lado del río y fue cuando **Ger** le dijo a los demás que ya podían soltar el remo ya que la bestia verde se había ido a comer su presa al centro del río en aguas más profundas.

¡**Q**ué susto y qué grande estaba esa **bestia verde**!-dijeron todos.

Ro comentó

- **Ger** si hubieras remado al mismo tiempo que yo habríamos llegado al otro lado antes que el monstruo llegara, casi nos comen por tu culpa.

- **Ger** le contestó -¡tú no remabas como yo!, de no ser por mi nos habrían comido así que mejor dame las gracias.

- **Pi** contestó – ninguno de los 2 me hizo caso, no remamos juntos.

- **Ja** tratando de calmarlos a todos dijo,

- Lo importante es que logramos escapar juntos.

Ro les dice a sus hermanos:

.- Venga no podemos descansar más, pues nos falta mucho camino por andar y no queremos que nos de la noche.

¡No paren, no paren!, repetía una y otra vez.

.- Recuerden que tenemos que llegar hasta la cabaña que se ve allá a lo lejos, hasta arriba.

Caminaron sin parar cuando vieron como iba obscureciendo poco a poco.

De pronto, se empezaron a escuchar a los lejos varios aullidos de lobo.-Auuu, Auuu....

Ja le tenía especial miedo al lobo, entonces **Pi,** le tomó de la mano. Pero de pronto los aullidos de los lobos se escuchaban más fuerte.

Llegó un momento que podían oír el respirar del lobo mayor, el padre de la manada.

Ro los apuró fuertemente mientras **Ger** y **Pi** ayudaban a **Ja** y empezaron a subir cada vez más rápidamente.

Fue entonces cuando **Ger** volteó para atrás y pudo ver a unos 70 mts la cara del lobo, que era un lobo gris enorme.

Gritando le dijo a **Ro**;

.- ¡Corre! ya veo la luz de la cabaña, sí llegamos pero no podemos parar pues el lobo ya nos vio y viene a toda velocidad.

Los aullidos estaban cada vez más fuertes, se sentía el respirar de la manada cuando de repente.

Se apareció un hombre enorme con el pelo blanco como la nieve, gritando con un hacha en las manos logrando asustar a los lobos, haciéndolos correr muy lejos.

Los niños se espantaron al verlo, pero recordaron que la leyenda decía que en la cabaña vivía un hombre llamado **Barbas Blancas**.

.-Tú eres **Barbas Blancas** ¿verdad?-Dijo **Ro**.

Barbas Blancas los tranquilizo y con su voz grave les dijo,.-Pasen a la cabaña.

Entro **Barbas Blancas** y con emoción les dijo,

.- ¡Que alegría me da que hayan venido!, me imagino que vienen a ver a **Don Tom el caballo más grandote y juguetón.**

.- ¿Como se llaman?, ¿qué le van a pedir a **Don Tom**?

- Yo soy **Ja** y tengo muchas ganas de conocer a **DON TOM, el caballo más grandote y juguetón**.

.- Y yo soy **Pi** y también quiero conocerlo.

Yo soy **Ger**, el más fuerte.

Y yo **Ro** el que organizó todo este viaje, soy un héroe.

Barbas Blancas les dijo,

- Amiguitos ya mañana podrán ver y jugar con **DON TOM el caballo más grandote y juguetón.**

Por ahora tenemos que tomarnos este chocolate caliente para después ir a dormir.

Se tomaron sus vasos grandes de chocolate calientito mientras cantaban:

LA LA LA LA LA LA LA LA LA LA.

Se fueron a una habitación que tenia 4 camas al acostarse cayeron dormidos profundamente después del largo y movido día.

Ja no dejaba de soñar **con DON TOM el caballo más grandote y juguetón.**

Se imaginaba como podía ser tan grande como le decía la leyenda y ya quería que fuera de día para por fin conocer **a DON TOM el caballo más grandote y juguetón.**

Pi también se mostraba muy emocionada.

Al día siguiente se despertaron justo cuando empezaba a pintarse el cielo de color azul brillante y de repente se escuchó,

.- ¡Hoy vamos a conocer **a DON TOM el caballo más grandote y juguetón!**, que emoción. Gritaba **Ja.**

Barbas Blancas les comentó,

.- Recuerden que a **DON TOM**, le gustan mucho las fresas y deben de llevarle algunas de regalo para que se ponga muy contento al verlos.

Por lo que lo primero que hicieron los cuatro niños fue tomar unas canastas para ir a recoger las fresas.

Ger tomo dos canastas medianas una en cada brazo. **Ja** tomo una canasta, la más grande. **Pi** tomo una de mediano tamaño. **Ro** tomo una muy chiquita.

Ger llenó sus dos canastas y se las llevo de regreso a la cabaña una en cada brazo.

Ja, desbordó la enorme canasta y con dificultad logró cargarla hasta la cabaña de **Barbas Blancas,** mientras que **Ro** sólo tomó una fresa grande y la puso en su canastita.

Llegaron a la terraza y desde ahí se veía un enorme valle verde y muy bonito.

Cuando de repente a lo lejos apareció un caballo blanco que se acercaba lentamente hacia la cabaña de **Barbas Blancas**.

¡Es **DON TOM, el caballo más grandote y juguetón!**

- Dijo **Ro.** ¡Míralo bien **Ja**, Míralo **Pi**, es hermoso! -dijo **Ger.**

Ja quedo atónito al ver la hermosura, la blancura y sobre todo el gran tamaño de aquel caballo que venía de muy lejos acercándose rápidamente a la cabaña y que ya desde la distancia se podía ver lo enrome que era.

Cuando llegó a la terraza, **Barbas Blancas** lo primero que hizo fue darle la única fresa grande que había recogido **Ro.**

DON TOM, se puso muy contento, devoró la fresa y empezó a mover la cola muy emocionado.

.- Yo soy **Ja,** yo te he traído la canasta más grande.

.- Yo soy **Pi** y he traído la canasta mediana con las fresas más jugosas.

DON TOM se puso muy contento por lo que invitó a los cuatro niños a que se subieran al lomo para llevarlos a **jugar** por todo el valle. Se nota que le gustaba mucho jugar a este enorme caballo, pues por algo le decían. **El caballo más grandote y juguetón.**

Hasta adelante y tomando la cabellera de **DON TOM** se subió **Ro,** en el medio y bien agarrados se subieron **Pi** y **Ger,** dejando en la parte de atrás muy cerca de la enorme cola se sentó **Ja**.

Don Tom era el más feliz y los 4 niños iban muy emocionados.

DON TOM comenzó a trotar, primero lentamente alejándose de la cabaña de **Barbas Blancas.**

Poco a poco empezó a tomar toda la velocidad y recorrieron todo el enorme valle verde.

Entre risas y carcajadas, los cuatro niños gozaban del recorrido y sentían que iban más rápido que en un cohete. Recorrieron toda la nevada montaña.

Así se pasaron las horas sin parar ni un instante a descansar y cada vez se reían más y gozaban como locos a **DON TOM el caballo más grandote y juguetón.**

Un caballo blanco como la nieve y grande como una casa.

De pronto se empezó a ver cómo bajaba lentamente el sol, buscando el horizonte para obscurecer.

Cuando pasaron unos minutos más, vieron perplejos los cuatro niños como todo el cielo del enorme valle se empezaba poner primero amarillo y tenuemente se fue transformando en un rojo cada vez más obscuro.

Ja, le grito a **DON TOM**,

- ¡Unos lobos!, son los mismos que ayer nos querían atrapar.

Entonces, sin que apenas lo notaran los niños, **DON TOM** enfrenta a los lobos. Y empezó a volar por todos los cielos, bajando la montaña y cruzando el gran río.

asando ya otra adversidad, **DON TOM** deja a **Ja, Ger, Pi** y **Ro** en la ventana de su casa. Despidiéndose de cada uno de ellos.

Los cuatro niños entraron a su habitación. Se acostaron cada uno en su respectiva cama durmiendo sin saber **si había sido cierto o solo había sido un sueño.**

Cuando **Ro** se acerco a la ventana para cerrarla y vio como en el cielo se veía una estrella fugaz. **Él** sabía que esa estrella era el mismísimo **DON TOM, el caballo más grandote y juguetón.**

.-Adiós **DON TOM**, gracias otra vez por ser tan juguetón. ¡nunca te olvidaremos!

COLORIN COLORADO ESTE CUENTO SE HA ACABADO.

Printed in the United States
by Baker & Taylor Publisher Services